하루의
늘어진 슬픔을 일으켜 세우고
까실한 눈들을 촉촉하게 하는 것은
그리 큰 물방울이 아니었다

너와 나 사이의 언약은
깨어지지 않게 혼탁하지 않게
저 영롱함 한 방울 길러내는 일

〈물방울 기르기〉 중에서

물방울 기르기

정정인 제2시집

미래시선 145

미래문화사

착지에 핀 삶의 오늘과 그 지평

구인환丘仁煥
|서울대 명예교수| 문학박사| 문학과 문학교육 연구소장|

대춘의 노래가 버들가지에 피어나는 계절! 연두색과 온 산 하를 뒤덮는 산수유의 청초를 기다리게 한다. 머지않아 개나리 진달래가 다투어 피고 목련이 품격 있게 피는 봄의 향연이 벌어지리라. 이런 가절에 정정인 시인의 제2시집 『물방울 기르기』가 상재되어 봄의 축제를 이루니 시단의 한 경사가 아닐 수 없다.

〈연민의 연주〉, 〈사랑 유전자〉, 〈여정의 시〉, 〈간자 때문에〉, 〈희망 사항〉 각 부의 절묘한 시들이 화단을 이루고 있어서 이 시집 『물방울 기르기』는 겨우내 한파에 얼어붙은 온 누리에 주는 축복이요, 경사가 아닐 수 없다.

'그런 생각 속에 섬섬히 수놓았던 백 편의 시를 한 권의 책으로 묶는다. 첫 번째 시집보다 더 떨리는 마음, 모쪼록 푸른 잎사귀 같은 감성들을 만나 한 방울 촉촉한 이슬 되기를 알라딘 램프의 요정처럼 빌어 본다.' 라고 작가가 자서에서 술회하고 있듯이, 이 시집에 수록된 시들은 세상에 시달려 메마른 세인의 가슴에 던져지는 촉촉한 이슬들이요, 오늘과 내일의 지평을 열어 우리의 삶을 오붓하고도 풍요하게 하는 반려다.

이 시집을 들고 소파나 벤치에 앉아 푸른 하늘과 연두색 산야와도 같은 시의 체취에 젖어 보는 것도 좋은 일이다.

〈연민의 연주〉에서 자연에 몰입하여 무한하고도 아릿한 향기 속으로 끌어내는가 하면 〈사랑 유전자〉의 시들은 사랑 그 심연들을 밀도 깊고 묘미롭게 표현하면서도 절도가 있어 아름답고 우아하기 그지없다. 그런가 하면 〈여정의 시〉에서는 여정 속 인생의 깊이를 뿌리째 조명해 서정화하고 〈간자 때문에〉는 디지털의 복잡함 속에서 살아가는 소요를 정정인 시인 특유의 필력으로 심도 높고도 재치 있게 그렸다. 〈희망 사항〉에서는 고갱의 우리는 무엇이며 어디서 와서 어디로 가고 있는가의 화상이 떠오르리만치 인생을 통찰하여 삶의 의미를 가꾸고 있다.

정말 이 세상에 태어난 것이 고맙고, 한민족으로 살아가는 것이 감사하며, 시를 쓰고 문학의 향취에 젖어 사는 것이 행복한 일이 아닐 수 없다. 더구나 한 권의 시집을 묶어내는 일은 그 층위를 셀 수 없는 축복이다.

낯선 이국땅에 착지하여 오붓하고도 풍요한 삶의 성을 쌓아 올리고 망향의 서정을 안으로 정화시키면서 내일의 지평을 열며 상재되는 시집이니 더더욱 경하할 일이다.

이 시집 『물방울 기르기』는 디지털 시대의 혼미 속에서 자아를 잃고 몰개성의 소용돌이 속에 허둥대는 많은 사람들의 손에 들려져 자기만의 오붓한 삶을 가꾸어 가는데 반려가 되고 삶의 지평이 되기를 기대하면서 다시 한 번 제2시집 『물방울 기르기』의 상재를 축하한다.

시집 발간에 즈음하여

최선호
시인 │ 문학평론가

　시는 시인의 생명이 아름답게 피어나는 숨결이다. 그러므로 시에는 언제나 목숨이 묻어 다닌다. 사람을 흔들어 웃음을 짓게도 하고 울음을 울게도 한다. 그러면서 그 심령의 샘에서 맑고 깨끗한 물을 길어 올려 마른 목을 축여 준다. 이것이 진정 살아 있는 시다.

　정정인 시인은 이런 시를 가득 담아 세상에 내놓는다. 오랜 세월 허리 구부리고 피워 올린 정성의 꽃송이들이다. 어느 하나 향기를 지니지 않은 것이 없다. 정 시인의 뜨거운 정성이 녹아 흐르는 행간마다 사이사이 보석들이 박혀 있다. 모두가 황홀할 지경으로 아름답다. 그러므로 끝나지 않는 박수를 보내고 싶다.

　시는 문학의 꽃이기에 앞서 인생이 거니는 길목을 밝히는 가로등이다. 언제나 멈추지 않는 의미를 흔들어 주고 있다. 모진 폭풍우를 견디어 내며 사시사철 시들지 않는다. 이렇게 살아 피어 있으면서 하늘에 뜬 별과 같이 빛나는 것이다.

정정인 시인은 마음의 우주를 향하여 별들을 띄우고 있다. 그의 생애를 돌돌 말아 하늘의 글씨를 새기고 있다.

현대는 문예부흥 아닌 문예홍수의 시대를 맞고 있다. 문인이나 문학작품이란 이름을 달고 그 어느 시대보다 막아내기 어려운 홍수사태를 이루고 있다. 물은 넘치지만 막상 마실 물을 만나기가 어려운 장마철과 같이 문인다운 문인, 작품다운 작품을 만나기가 그리 쉽지 않은 이때, 정정인 시인은 땡볕에 서서 두레박을 들고 우리에게 맑고 시원한 물 한 모금을 선사한다.

정정인 시인은 시뿐 아니라 상당량의 수필도 써냈다. 그의 시와 수필은 이미 독자와 평자들 사이에서 많은 칭찬을 받아오고 있다. 그에 걸맞는 여러 문학상도 받았다. 그러므로 그의 문학은 힘 있게 살아 있는 문학으로 증명된 지 오래다.

정 시인은 겁 없이 글을 쓰는 문인이다. 그 어떤 것에도 제한을 받지 않으면서 추호의 양보도 없이 붓을 들어 자기의 마음을 속속들이 묻혀낸다. 감동되었다 하면 용감하게 통일과 조화와 균형을 이루어 시정으로 승화시키는 솜씨를 발휘해 내고야 만다. 이것은 그가 지니고 있는 창작생리이다. 멈추지 못하는 그의 정열이다.

그러므로 그의 글에는 윤기가 흐른다. 생명력이 약동한다. 구김살이 없다. 우리를 불러내는 힘이 있다. 누구에게나 아름다움을 만나게 한다. 보다 깊게 인생을 사유하게 한다. 결국 우리를 상념의 초원으로 안내하여 시원한 바람을 맞게 한다. 그의 글에서 진한 서정의 바람이 불고 있기 때문이다.

이제 우리는 정 시인에게 큰 박수를 보내야 한다. 그리고 그의 반듯한 문학정신에 감사해야 한다. 우리의 심령 속으로 거침없이 녹아 흐르는 그의 시정을 뜨겁게 경험해야 하기 때문이다. 무수한 어려움을 참아 이기며 여기까지 묵묵히 달려와서 향기어린 화환을 우리의 가슴에 안겨주는 정 시인의 따뜻한 정성에 감사한 마음을 길이 새겨두고 싶다.

풀섶을 걷는 이슬처럼

얼음을 뚫고 보송한 솜털을 내미는
버들강아지의 해맑은 출현을 보며
지상의 아름다운 언약들을 상기해본다.
단 하나 초록만의 빛깔로도 마음에
환희의 성城을 세우는 탄생의 신비,
엄동을 건너 피어나는 색채란
얼마나 소중하고 아름다운 것인가.
저 고단한 풀잎을 싱그럽게 하는 것도
그리 크지 않은 물방울이었다.
그런 명상들 속에 섬섬히 수놓았던
백 편의 시를 한 권의 책으로 묶는다.
첫 번째 시집보다 더 떨리는 마음이다.

모쪼록 푸른 잎사귀 같은 감성들을 만나
한 방울 촉촉한 이슬 되기를
알라딘 램프의 요정처럼 빌어본다.

작문과 출간에 힘이 되어주신 분들과
옥고를 얹어 축하해 주신 교수님들께
깊은 감사를 드리며
미래문화사 임종대 사장님과
김한성 편집주간님께도 감사드린다.

이천구년 봄. 정정인 배상

2 · 연민의 연주

4 · 간자間字 때문에

희망 사항 · 5

사랑의 원소란 단조로워
아무것도 확인할 수 없는 공간을
두려움 없이 이슬로 내 딛고
눈감아 버린 그 자유로 하여
영롱해 지는 것

사랑 유전자

그리고 싶어

상실의 깊은 신음을
기억하는 사람아
너는 사랑의 악보로구나

비가 오면 비에 젖고
눈이 오면 홀로
언 강을 건너는 슬픔을
영혼으로 울어주는

너는 은자隱者의 성城
아가雅歌의 군주로구나

네 노래를 들으며
나도 꽃이 되었음 좋겠어

아득한 깊이가 열리면
전무후무한 빛깔로 태어나
졸졸 물살소리
외롭지 않은 냇가에서

향 그윽한 기쁨이고 싶어

애곡

너를 향한 내 마음이
가을을 닮았다

색채와 타산의 시공을 넘어
종래 심장을 태우고
잿빛이 되어버리는 숲

네가 그리우면 나는
낙엽을 아파하는
바람처럼 조용히 운다

이제
열망은 설원에 갇히고
새들은 노래를 그쳤지만

겨울강을 건너온
나그네처럼
내 영혼의 밀실에선
이승을 다한 불꽃이 타고

꿈인 듯 너를 더듬어
열원의 포로가 된다

다시 기도하노니 사랑아
다시 비노니 사랑아

엎드린 이 슬픔 위로
봄처럼 오라

물방울 기르기

어둠의 중량이 가장 무거울 때
무한 증식의 숲에 내려
갈증을 적시는 빛깔 없는 기도

하루의 늘어진 슬픔을 일으켜 세우고
까실한 눈들을 촉촉하게 하는 것은
그리 큰 물방울이 아니었다

사랑의 원소란 단조로워
아무것도 확인할 수 없는 공간을
두려움 없이 이슬로 내 딛고
그 자유로 하여 영롱해 지는 것

안으로 삭인 소리들이
하늘의 회로를 휘돌고
다시 맑음으로 내리는
그 작은 원 안에서 우리의
이상들은 푸르고 넉넉한 꿈이 될 터

너와 나 사이의 언약은
깨어지지 않게 혼탁하지 않게
저 영롱함 한 방울 길러 내는 일

에덴의 아들

너는 만 가지 향으로 내게 온다
때로는 갓 맺힌 포도처럼 내 영혼에 총총히 매달려
이글대는 태양의 눈을 끌고 달콤한 즙으로 익어간다

입에서 터져버린 첫 번째 열매는
서투른 주조장의 포도주 같았다

풋내 나는 아로마에 대충 달콤함, 아릿하고 떨떠름함이
두 산 사이 구릉을 넘어 거센 폭풍과 맞부딪칠수록
비밀의 성좌는 하프 그 절정의 음처럼 떨렸다

육지를 타고 오른 파도에 하얀 날개가 돋고
홍색 노을과 모든 감탄의 형용사와 천지의 영혼까지도
저 물의 집에서 부화를 꿈꾸는 순간
알들의 조상이 된 네 몸에선 신의 향기가 난다

사랑 유전자

하늘과 우주며
지상과 음습한 지하까지
열지 못할 것이 없는 열쇠

저 눈부신 빛은 생각만으로도
얼음 인형에 날개가 돋고
바위도 그렁한 이슬로 변한다

꿈은 길이 없어도 사라져가고
생은 탄생할 때 울음이
생의 노래인 줄 터득한다지만

영원, 영생, 무적의 인자

저 불멸의 디엔에이로 하여
나는 오늘도 심장이 근질거리네

너 바람아

바람이 분다
분명한 이유나 별 까닭 없이
그냥 바람이 분다
압축 되어가는 잎새 사이를 누비며
밤새 바람이 울더니
폭우가 쓸고 간 이 아침도
굳건한 벤자민 잎새가 창가에 싱그럽다

그가 날마다 햇살의 온도를 진단하며
해변의 열병을 식혀 주어
나는 오늘도
열사의 모래밭을 사뿐히 걸었다

끝끝내 아무 것도 철 들 수 없는 지상은
이미 관용의 하늘 밑에 있고
서러운 나그네 나는
목 축일 만한 한모금의 푸른 물과
흥건히 지쳐 늘어지는 생을 식혀 줄
바람 한 점 그리웠다

그래 너는 바람이었구나
어디에서나 나는 너를 피해 갈 수 없는

동행자

종래 무장한 고립과
마주칠 것 같은 예감에
무작정 떠난 방랑

지구의 낯선 모퉁이를 돌며
믿을 수 없을 만큼의
외로움을 견디다가
문득 돌아보니

폐가를 지키는 문패처럼
그대가 서 있었습니다

퇴색해 가는 그리움을
쓸쓸히 채색하며
언약도 없는 기다림을 끌고

마침표도 없는 사랑의
순교자처럼 가슴 붉은
그대가 있었습니다

편지1

그대
투명한 바람의 언어
그대 영롱한 이슬의 영혼

문득 그대가 그립습니다

그대는
먼 길의 상처들을 지우며
조금씩 돌아오려 하지만

나는 이미
탄생 전부터 기억에 있는
그대를 그리워합니다

편지2

그대
은밀한 아가雅歌의 성城

그대
천년을 흔든 영혼의 현弦

서 있는 바람에도 상처가 나던
조각배 하나, 이제

그대 애련의 눈빛 속에
고단한 방황을 내리고저 합니다

편지3

그대 창궁에선
답안을 놓쳐버린 세월들이
일시에 빛으로 열리고
해와 별의 은어가 들립니다

그대 숲에선
절벽에 매달렸던 가여운 꿈들과
천대받던 이상이 귀족이 됩니다

섫은 도화지, 이제
잿빛 그림을 지우고
그대의 악보가 되려 합니다

세상 끝까지
    끝을 넘어 영원까지

갈매기 서書

우리 이제 상흔의 시간들은
해저에 주고 하늘길로만 가요

들어 올릴 수 없는 무게의
회한들도 저 깊이에 주고

외면의 갈증을 앓던 창백함을 위해

평생 물젖은 가슴으로 우리
함께 속죄의 울음을 울어요

못다쓴 편지

늦가을 뜰에 서면
밤에도 보이는
얼룩이 있다

마지막을 태우는
단풍 닮은 떡볶이와
철없이 연못에 빠진
낙엽 같은 오뎅

아, 둘이 꼭 닮아
불 속에서 헤엄치는
붕어빵도 있었다

우리는
가을 산을 오르며
저 즐거움들을 먹고
어떤 새를 닮아버렸지

글씨 삭제된
이정표처럼
그 날들은
한 지점에 서 있고

우리는 지금, 아주
원치 않는 곳에 와 있다

청하지 않는
이별이 저만치 보이고
아파질 안녕을 견뎌야 할
고시 시험 같은 시간들

친구야 부탁하건대

너는 이제 내게
편지를 우송하지 말라

그저 단풍 들거든
그저 낙엽 지거든

추억처럼 눈 내리고

뻔뻔히 봄 오거든

저 그리움의 뜰에서

너와 나 여적
지상에 있는 거라고..,

귀뚜라미 서書

오늘 같은 날은
그대 가슴이 집이었으면 해

어쩌다 반만 달린 날개와
절룩이는 다리가 슬퍼

달의 언어가 깊어도
아무 것도
읽어 낼 수 없는 이런 밤엔

그대가 대신 미친 척
앞날개 돌기를 비벼
실컷 울어주면 안 되겠니?

부탁

아주 조금씩 내 몫의
징검다리를 건너게 한 후
네 손을 잡게 하면 좋겠어

네 성정과 인격과 마음을
하나씩 밟고 건너는 동안
신뢰에 익숙해지고
조금은 미안함도 자라서

이기심에 쫓겨 난
에덴의 속죄처럼
너를 사랑할 수 있게 해 줘

번개처럼 달려오기보다
어둠이 두려워 떨릴 때
등불을 든 구조자처럼
네가 떠오르게 하면 좋겠어

달맞이꽃

가장 현란한 태양아래서
가장 쓸쓸해지는 꽃

흑암의 빗장을 열고
아득히 먼 길을 더듬다보면
하늘 깊이의
심장 하나 만나질까

정제 된 고요가 아니면
가슴을 열 수 없는
오만을 담은 죄

모든 아픔의 이름으로
모든 어둠의 운명으로

떨리는 고독의 이치를 건너
대지의 별이 된 이브

초

너 없이
못 산다 하시는 밤
아낌없이 태워 드리겠습니다

그녀 S

카네이션 농장 같은 여자
색색의 다감한 모양새로
날마다 꽃을 피우는 여자

그 여자의 꽃은
끝선에 톱니가 있어
보기만 해도 가슴을 찔리고
은근한 향에 침투당한다

세상이 우울하게 흐린 날은
스스로 빨간 꽃이 되어
향기를 전선에 실어 우송하고

비실한 풀잎도 함께 있으면
꽃처럼 보이게 하는
마술의 카네이션 농장, 그녀 S

진실

어젯밤
벚꽃 잎이 다 져버렸다고
바람이 소식을 보냈더라

만발한 꽃을 보며
나를 잊으려니 했는데
아주 잘 된 일이라고
잔인한 편지 한 장
낙화 사이에 끼워두었다

결렬했던 계절들이 가고
엄동에 너의 기억도
동상 걸렸으려니 했는데

단단히 밀봉된 그리움은
난공불락이었다고

어젯밤 달빛이
창문에 이마를 부딪치며
쓰고 있더라

그것을 묻고 있었어

그대도
나처럼 그리운지 묻고 싶어

그대도 나처럼
그대의 세미한 신음에도
심장에서
피가 흐르는지 묻고 싶어

그대도 나처럼
그대를 서운하게 하고 나면
가슴이 땅에 내려
하늘에 죄를 비는지 묻고 싶어

그대도 나처럼 그대를
세상에 홀로 방치했던 세월이
영혼에 아린지 묻고 싶어

그대도 나처럼
그대가 세상에서 가장 소중하고
그대를 위해서라면
살을 베어도 아플 것 같지 않은
느낌인지 묻고 싶어

동행의 철로에서 그대도 나처럼
그대가 운명의 동승자라는 메시지를
신으로부터 수신했는지 묻고 싶어

내가 지금까지 해 왔던 몸짓들이
진정 그대를
믿지 못해서가 아니라는 걸
그대가 읽고 있었는지 묻고 싶어

나는 단지 지금까지
나처럼 그대도 나를 사랑하는지
그것들을 묻고 있었어

무형문자

시간의 정지를 느끼면서도
결코 휴식할 수 없는
고요의 부재 속에서

굳어 슬픈 지상의 언약들과
지구의 절반을 걸어온
허상의 전설을 담아

그대께
글씨 없어도 우송되는
편지를 씁니다

그림 유보된
우표도 한 장 붙입니다

  '지친 마음이
  골짜기 밑으로 떨어져 내릴 때
  문득 시선 앞에
  넉넉한 그대가 서 있다는 것
  어느 때는 분명
  내가 그대 앞에 그렇게
  서 있다는 것'

이보다 어려운 문자가
발견되거든, 가슴 아닌
영혼으로 읽어 주십시오

나는 울었다

네 편지를 받고 울었다

용광로 같은 심장을 우송하며
떨림으로 아팠을 너의
손마디를 생각하며 울었다

봉함 없이 보낸 너의 열정에
철없이 오한을 부른 겨울은
그렇게 끝나고

불변의 사랑을 노래하는
영원의 하늘빛이 곱다

어느 슬기로운 아침
내 밝아진 가슴을
대속자처럼 기뻐하는 너를 보며

너를 아프게 했던 아픔에
나는 또 한 번 울 것이다

이별 소곡

눈물 그렁한 형상 하나가
오늘도
단단한 껍질의 내 심장 속에서
진주처럼 커가고 있다

어떻게 하면 너를 밖으로 쫓아내고
태양도 걸려 넘어지는 담을 쌓을까
설계를 거듭했지만

언제나 이별의 역방향에서
날선 내 칼끝을 따라 오르는
애상愛想의 그림자

끈질긴 기억과 망각 사이에서
존재 하나, 진정 이탈하고 싶었다

그리워서

보고 싶다. 그립다
마음이 아프다
단조로운 이 표현을
누가
그림으로 그려 보아다오

아마도
로댕의 저 걸작이거나
차라리 속세를 버린
반가사유상의
접힌 무릎쯤 될 게다

누가 한 번 이 마음을
음률로 연주해보면
브람스의 눈물을 지나
한 맺힌 넋을 저승으로
전송하는 진혼곡쯤 될 게다

그리움을 조율하는
기계가 세상에 있다면
무한의 우주가 딩딩 울리는
소리로 나를 좀 조여 다오

억 년의 열점처럼 통곡이
끓고 있는 가슴을
누구든 고도의 마술로
소록이 잠재워 다오

기억

갑자기 뚜렷이
온 세상이 하얗게 변했지

우리는 아주 어려져서
걸음마를 배우는 아이처럼
손을 잡고 엉금거리며
언덕길을 올라갔고

기록의 창고엔 소복소복
소리 없는 환희가 쌓여갔다

탄성 가득 담긴 사진 속에서
그날의 설레임은
늘 펄펄 첫눈으로 내리는데

적도의 무풍지대처럼
침묵으로 가로누운
먼 거리와 시간의 무게

네가 그리울 때마다 나는
기억의 언덕에 올라
호호 손을 불며 견디어냈다

사람아! 너는 기억하니?

그 때도 이렇게 시린 바람이
불고 있었는지 몰라, 이렇게
가슴 에이는 바람이었는지 몰라

설화雪花

결박된 기억 속에
지열을 의지한 뿌리처럼
혼을 파고 자라는 환영

너는 왜
시린 설원에서도
꽃이 되는지

사랑이여

차라리 백지 같은 길을 내고
나로 하여금 망각의
바람으로 흐르게 하라

이별 유한有恨

아- 아-
흙속으로 스며야 하는 것

사람의 권한 밖인 저 가슴
태초에 사물을 빚은
흙의 원소가 가슴이었나

아픔과 모욕과 사랑과
욕망과 그리움
탄생에서 사멸
고통에서 평안까지
모든 것이 가슴이었구나

아-
흙덩어리 하나
소리 없이
삭제할 시간만 남았던 것을

가슴이여, 흙이여, 눈물이여
어찌하여 자꾸 우는가

물고기

고운 너를
가만히 놓아 주어야겠다
아무래도 네가 좋아하는 물빛은
조금은 더 푸른색인가 보다

욕구의 눈을 번뜩이며
무작정 펄떡이는 너로 하여
내 고요한 공간들이 비늘로 덮여간다

너의 꼬리를 잡은
손마디가 피로하다

너와 나
목탄이 되어가는 심장들
같은 식탁에 마주하기 위해
인연의 길이 너무도 검구나

분망의 이름 너를 놓을까
밤새워 천지에 물었다

너는 네 자유의 바다에 알을 낳고
네가 선택한 먹이를 먹으며

네 욕망만큼 살아감이 족하고

나는 내 생을 갈다보면
저승의 날 선 뒷면 어딘가에서
새로운 빛 하나 만나게 되겠지

어떤가. 이상이여!

나는 오늘 잔인한 나를 접고
네가 여망하는 이상의 바다 속
네가 사모하는 꽃산호 곁에
가만히 너를 놓으려 하느니

부르고 싶은 노래가 있으면 들고 오게
부르다가 만 노래도 들고 오게
미완의 악보도 연주 되는
연륜의 악기 하나 준비 하겠네

연민의 연주

연민의 연주

퇴색 되어가는 소재들을 모아
무대 하나 꾸미네

세월이 보전한 추억의 잔엔
철철 넘치는 그리움으로
가득 채워도 이제는 좋을 때

부르고 싶은 노래가 있으면
들고 오게
부르다가 만 노래도 들고 오게
미완의 악보도 연주되는
연륜의 악기 하나 준비하겠네

완성이란 없는 생의 곡조는
실패한 것일수록 멋이 깊다네

어그러진 부호도 나름의
음률인 줄 아는 악사들

그저 각자의 박자로 어우러진
애드리브면
지상 최고의 향연이 아니겠나

고향 찬가

그곳에선
이름 없는 씨앗도 당당한 꿈으로 움트고
수치도 아무렇지도 않게 햇볕 속에 누웠었네

어디라도 청초한 순수가 가득했고
화사한 인정은 계절을 넘어 만발했지

반딧불이 저희들끼리 축제를 여는 여름밤
검게 그을린 아궁이 속에선 작은 여망이 익어가고
토끼가 사는 달은 이태백이 아니라도 시가 되었네

밤마다 별빛에 헹군 초롱한 마음들이
미궁의 은하를 건너 벌판을 황금빛으로 채색하면
온갖 비루한 생명들이 무상으로 배를 불리고
그곳에선 허수아비도 귀족이었네

  (YTN TV. 08. 6. 12일 방영)

회상

생의 능선을 생각해보면
바람은 항상 내 영혼 안에서
자고 깨며 혼란의 파도를 몰아 왔다

겨울이면 언제나
지상보다 추운 것은 마음이었고
기대와 무너짐, 갈망과 희망 속에서
나는 늘 집시가 되었다

다시 생각해보면
봄은 계절을 넘어 의지 속에 살고
피지 못한 꽃은
저 깊은 음지 내 이상 속에 있었다
(미주 중앙일보 09. 3. 9일자 게재)

추석 이야기

검은 시름은 볶아서
달콤한 설탕에 버무리고
미완과 격동의 자국들은
펄펄 끓는 망각의 물로
잘 반죽했지

서로 불편했던 일들은
둥글둥글 굴리고
패인 주름은 곱게 펴서
연민의 눈길로 꼭꼭 여며
온 가족 알콩달콩
알밤 같은 정을 빚었어

모락모락 익은 기쁨에
윤나게 참기름 바르고
근심은 여럿이 껍질 벗겨
새 희망의
알토란 국을 만들어 버렸지

하하 호호, 지글지글
고소한 훈정의 향연에
만월도 환한 얼굴 디밀고

쟁반이 되어버리더군

(한국문인협회 이천지부 07년 문협지 초대 시)

고향 노트

내 고향 들길에는
그리도 영롱한 꽃들이
아무렇지도 않게 가득했었다

소달구지 느릿한 교향악이
산모퉁이 돌아 오리를 가면
교실 여섯 개의
작은 학교가 있었지

몽당연필에 침을 발라
맹꽁이 점프한 논바닥처럼
설그러진 글씨를 썼어도

세상에 두려운 것이
있는 줄은 몰라도
삼가해야 하는 것은
터득하며 자랐다

찬란한 별빛 사이에
풍년 든 은하수를 타고
꼬부라진 언덕길을 올라가면
가슴에는 언제나

맑은 물방울로 가득해
밤에도 무지개가 섰었지

연민의 꽃

우리, 각기 다른 주소에서
아득히 먼 지구의 골목길을
돌아 왔구나

변산바람꽃*이 피고
아지랑이가 향연을 열면
요한 스트라우스의 악장마다
대지는 웅장한 연주를 연출했지

개나리가 걸어 나오고
진달래가 뛰어 다니고
하얀 산매화가
산골짝 물길 따라 잔잔히 흐르고
늘씬한 노란 산나리
우단 같은 파란 산 난초
민들레 금낭화 제비꽃 할미꽃
애기나리 인동꽃
온갖 산꽃 들꽃이
절정을 이루고 꿀샘을 열면

각색 나비들하고
주황색 벌들하고

오색 꽃물이 담뿍 든
벌거숭이들도
꽃이 되어 햇살 속을 달렸었다

화려한 명성의
꽃들이 아니었어도
우리의 마음은
환희로 가득했고
세상에 참혹한 것이
있는 줄도 몰랐던 시절

초록 빛깔 하나로도 고향은
늘 어머니의 향기로 한들거리던
지상 최고의 꽃이었다

*변산바람꽃 : 초봄 한국 산에 피는 바람꽃의 일종

바다의 말

오색의 뼈도 없이
무심히 밀려가고 밀려오는
그리움의 넋이 되기로 했습니다

몸을 뒤집어
지구의 끝에서 끝으로
생명들을 옮기고

호흡 끊긴 깊은 곳에 내려
소욕을 그치는
그저 운명이 되기로 했습니다

사람이여, 이제
부패한 시간들을
끌고 오셔도 좋겠습니다
대충 읽어버린 세월까지도
끌고 오셔도 좋겠습니다

바람의 독백

딱히 이유는 없어. 그냥
어디론가 가야하는 바람인 거야

불허의 미로까지 헤매며
혹시 어디서 내 꿈 본 적 있나요
어디쯤에서 잃었을까
미친 듯 기웃거려 보는 거야

맨몸으로 건너야 하는
인고의 강이 가로누운 가슴은
탈출의 창이 어딘지 모르겠어

출생부터 마침까지
통곡이 사명이라도

논술 답안지 같은 사막에선
무슨 소리로 울어야 하는지
지금도 그것을 모르겠어

비명

측정할 수 없는 고립의
깊이에 갇혀 하늘을 본다

어둠의 심장을 열고
초췌한 고개를 내민 초승달

아득한 유년의 기억 속에서도
저 모양의 달은 늘
누군가를 부르는 손짓이었다

시퍼런 법만 사는 큰집에
양자 간 두 동생의
해쓱한 얼굴을 닮은 달

돌아가도 서글픈
유년의 기억들이
벌겋게 헐은 산모롱이 돌아
꼬리를 끌고 올 때마다

흥건히 젖는 눈꺼풀에
영혼이 송두리째 패어나간
초승달이 매달린다

세월은 강을 메우고
산은 평지도 되건만
평생 짊어지고 가는
창백한 달 하나

오늘도 또 휘영청 떠서, 일그러진
가슴들을 하나씩 부르고 있다

추억

너는 참 예쁘다

혹설 속에 피어난 매화 같기도 하고
초승달이 몸을 감춘 새벽녘에 흰 목련처럼
가녀린 듯 아른대면서도 형체가 뚜렷하고

언제나 초봄
라일락 질투의 빛깔로 생에 도전하면서
그윽한 향기는 세상을 즐겁게 만들기도 하지

애잔한 봉선화처럼, 질식할 처량함마저
의지의 이슬로 헹구어 버린 너는 참 예쁘다

편집할 것도 없는 낡은 원고
영상이 얼룩지거든
아쉬움 곱게 접고 연민으로 남거라

뿌리

태풍이 흔들 때마다
몸부림 하나씩 돋아
지하로 파 내려간 혼

무거운 결박을 이고
평생 물에 젖어 사는
푸름의 뼈

약관의 여름은
천연스레 가고
지천명의 만추에도
혼곤한 내부를
기억하지 못한 잎새

낙엽 되어 세상을
주유하다 돌아와 보니

아비의 늙은 관절이
바람 앞에 떨고 있었다

인생

내 나이 스물에는
거울이 질투하다 자살했지

서른에는 화사한 나만 보다가
지구가 요 모양이 되 버렸어

어머나, 마흔이야 했는데
세상에, 오십이 되었어.
기가 막혀, 예순이 되다니
칠, 칠, 칠, 칠십이라니
아~ 팔짝 뛸 힘도 없는 팔십이라니
구십이면 내 눈이 가자미가 되고
백을 채우면 집안에 온통
눈만 달린 가자미가 득실대겠지?

아장 아장
뒤뚱 뒤뚱
아기작 아기작
오기적 오기적
흔들 흔들
낭작 낭작

무작무작 걸어가는 저 세월
무작무작 달려오는 저 세월
제발
누가 좀 잡아 주

폭포

졸졸 흐르는 일상에서
탈피해 보고 싶었나

궤도를 이탈한 순간
산산이 부서져버린 꿈

속절없이 맴돌다가
기승 좋은 깃발을 접고
통곡은 짧아야 할 일이라고

웅웅 우는 산에
서둘러 이별을 고하고
다시 돌아올 수 없는
길로 떠나는 순리의 미학

야채 파는 노인

쑥, 냉이, 달래, 우거지가
시든 노인의 얼굴을 닮았다

두어 가닥 더 집어 준
촉촉한 정서를 내 던지는
분칠한 뽀얀 이마에

노인은, 육이오 후
도심을 걸고 바라본다

빛이 스며도
푸른 하늘은 멀리 있는
지하철 계단 밑

노인은 오늘도
위로, 위로만 둥둥 떠가는
발들에게, 1960년대의
우거지 한줌 들려주고 싶다

필름

아둔하고 성질 나쁜 아내와
어미를 쏙 빼닮은 애벌레 같은
자식들은 이내 잠들고
사내는 무명 이불 속에서
설움을 끌고
유년에 여윈 어머니의 나라로 간다

국가 경제가 태기에 신음하고
서민의 등뼈가 산모처럼 굽던 시대
이륜 바퀴가 되어 도심을 누비며
내 가족의 생계를 사 달라고
애원을 벼랑에 걸었어도

종래 두 자식은 양자로 보내고
태양빛이 버거웠던 사내

날마다 흑암보다 어두운 먹물로
넋 없는 삶을 그리고
삭제할 수도 없는 생, 아호, 효정
핏물처럼 찍어 넣고 흐느끼던 예술가

나는 늘 그의 작품들 앞에서

뒤축 꺾인 신발에 실려 이승을 떠난
암울한 시대의 발뒤꿈치를 보곤 한다

만남 플러스

행복이 감자탕 속에서
뼈다귀 앙골지게
바글바글 끓더군

어머니 치마폭 같은
훈정을 건져, 심피心皮에
밀어들을 감아 먹는 맛

추풍령 묵은지는
화무를 추고
내 위장은 자꾸 자꾸
신이 났지

가난한 배추잎이
측천후의 용포가 되어
삐쯤한 공간들을
단번에 정렬시키고

술 항아리처럼
화끈 익어버린 나는
무엇이든
노래를 부르고 싶었어

현자들이 틀을 짜고
슬기의 여인들이
수를 놓는 문자의 빛은
에덴의
어디쯤에서 왔을까

오늘
흰 구름 거니는
하늘 길에 꽃 가득했네

그대의 향기
허공에 거꾸로 매달려
자꾸자꾸 따라오데

잎새의 선서

사랑 메마른 계절의 음모들과
동행할 수 없는 이상들로 하여
잃어버린 미소와 억울한 고립

그리하여 더욱 고단한 세상을
언약 부재의 회칠한 소돔의 복판을
길이 아니어도 길처럼 걸어가리라

저 고마운 것들을 위해
길이 아니어도 길처럼 걸어가리라

드높은 꿈에서 내려
땅의 목마름을 간과하는 구름과
무상으로 가슴을 식혀주는 바람
비굴한 해명 따위가 없어도
음지를 믿어주는
햇살의 자명한 사랑으로 하여

모든 색채를 박탈당해도
열매를 매달고야 떠나는 승리를
기도하며
길이 아니어도 길처럼 걸어가리라

LA 비

님이 오는가보다
님이다. 님이 온다
침략하는 적의 발소리처럼
우두두두
아무래도 님이 오는 거다

팔난봉처럼 연이틀
먹구름으로 기별을 넣더니
수절열녀 같은 가로등을
실실 울리며 드디어 온다

지난 겨울 젖어본
기억을 살려, 대지가
탈진한 가슴을 열기도 전에

촉촉해지는 길에 깜짝 놀란
자동차들의 포옹으로 오늘
엘에이 뉴스가 소란하다

*노트: 엘에이(LA)에는 일 년 중 겨울에만 비가 내림

3

여정의 시

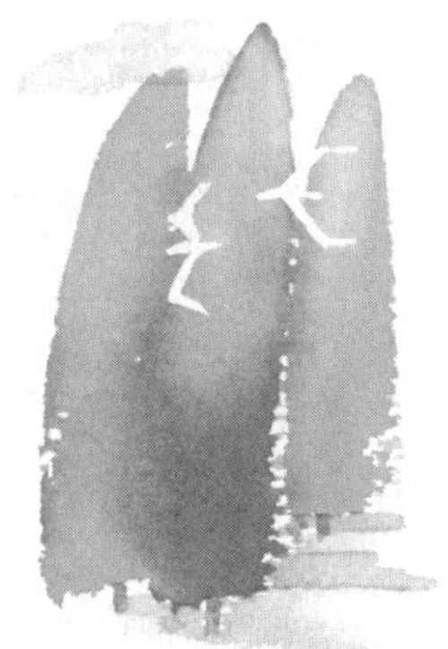

봄 편지

이 봄엔
나긋한 깃털의 새가 되리

그대 따스한 가슴에 넣어
영원이라는 이름으로
애스러운 창가에 걸어 두오

사랑스러운 입맞춤과
영롱한 눈빛
천상의 곡조로 아침을 열고

엇갈려 눕는 이상들도
고운 빛살로 연주하리니

입춘立春

바람도 길이 되거라
음지도 빛의 문이 되거라

살갗마다 집을 짓던
혹독한 오한도
불의 가슴이 되거라

강요당한 망각까지도
열망의 향이 되어
검은 구름을 열고
채색을 나르는
나비들을 깨우거라

참다운 염원 속에
잠들지 못하는
슬픔이란 없다

잿빛 초침으로
낙원을 죽을 만큼 떨게 했던
춥고 긴 절망, 이제는

환희의 왕이

아스러지게 밟고
신비를 틔우는
축원의 넋이 되거라
(미주 중앙일보 09. 1. 19일자에 신년기원으로 수정 게재)

입신록入新綠

유월을 열고 오신다기에
하늘을 말끔히 닦아 놓고
새들의 합창도 준비해 두었지요

그대
소녀의 가슴처럼 풋기 오른
새파란 복숭아로 오시랍니까
우물가의 수다같이 널브러진
떡갈나무 잎새로 오시랍니까

화들짝 피었다가 사흘 만에
줄행랑치는 다홍색 작약이나
푸르러도 그늘 없는 대나무
앙골진 마디로 오시랍니까

그대 오시려거든

새벽이슬 뚝뚝 흐르는 초록에
촉촉한 꽃망울 담뿍 안고
초야의 각시처럼
창창한 꿈으로 오시구려

(미주 중앙일보 08. 5. 27일자 게재)

가을 소곡

아주 먼 곳에서 가져온
고향의 흙 내음을 내려놓고
바람은 깊은
가을 속으로 걸어간다

거기엔 낙엽이 되어도
결코 소각할 수 없는
추억들이 단풍으로 타고
그리움에 목마른 얼굴처럼
둥그런 열매가 익어간다

나도 바람 따라 걷다가
전설의 향으로 익어버린
지상의 언약들 앞에서
눈빛 아련한 사슴이 된다

9월에게

갈대의 연서 같은 소슬바람에
저린 가슴을 절반이나
내어주며 그대를 맞습니다

태양빛은 여전히 소란한데
해변은 고요를 준비하고

나그네 새들은
긴 여정을 위해
날개를 정비할 시간입니다

그대는 또 한 번
먼 길을 걸어왔고
차오른 연민으로 열어 준
완숙향연의 서막

오만의 석류라도
깊음과 낮음의 열정을 열고
가장 현란한 빛깔의
연출을 계획할 것입니다

그것이 정녕

최후의 비문일지라도
그것이 정녕
마지막 도전일지라도

모두가 돌아가야 하는
아득한 슬픔이 열리기 전

행운처럼 돌아온
높고 넉넉한 온유 안에서
지상엔 최고의 색채를
꿈꾸지 않을 것이 없습니다
        (미주 중앙일보 08. 9. 15일자 게재)

입추

또다시
그림물감을 준비한다

또다시
그리다 만 실록 위에
어설픈 열매 하나 달아 놓고

아쉬운 평점에 고개 숙이는
미술 답안지 같은 가을이 왔다

하늘도 잿빛 저항을 벗고
토파즈*처럼 빛을 내보는 계절

미완의 색채면 어떠랴

가슴 가득한 바램과
못 다한 이상이 얼룩짐으로
성숙의 색채는 연출되는 것

그래, 또 한 번
나름의 빛깔로 익어보는
연습장이 다시 돌아왔다.

*토파즈 : 크리스탈 류의 보석.

나이아가라

거친 숨결 여로의 고뇌를
아득한 깊이에 접어 넣고

침범한 세속의 고개를
거센 물보라로 돌려세우는
안개 속의 숙녀

검푸른 흑진주로 흐르다가
에메랄드빛으로 천연하다가
최후의 순간
백 미터가 넘는 물안개로
절룩임을 감추는 의연함

빙하에서 태어나
수만 년의 전설을 엮고
종래 한줄기 태양을 만나
무지개로 일어서는 물결

정녕, 잠든 혼을 깨우려
스스로 우는 신의 눈물이려니

가을 잎새의 독백

엄동에도 헤매는
가엾은 작은 새들과
제 처소를 이탈한 짐승이며
문풍지를 흔드는 바람까지도
따스히 감싸 안고 싶은 마음

그러나 늘
성숙과는 먼 부실함으로
하늘의 반대편을 향해
비행하는 본성

금년에도 한 해의 끝쯤에는
아무도 눈치 채지 않는
지구 어느 틈새에서
무거운 눈꺼풀 내리고
그저 천년쯤 졸고 싶다

또 한 번의 철없는
내 역행을 삭제하며
다시 오마
약속을 남기고 떠나는 가을

미안하다. 가을아. 미안하다
만년을 미안하다. 가을아

가을 독백

지상의 이별들을
울어주기 위해
갈대가 제자리로 돌아오면

나는
빨갛게 익은 내 아픔을
훈장처럼 들고 갈 거야

한恨이 깊어도 쓰러지지 않는
갈대 사이에
바람도 표정을 잃었던
내 생을 눕히고

모든 잎새들이
푸른 기억을 놓아버리는 날
이생의 연민은 그런 거라고
풀벌레처럼 태연히
달빛을 노래할 거야

버려지고 버려야 하는
인연의 결별에는
미련보다 체념이 훨씬

아름다운 거라고

질리도록 파랗게 허탈함을
악물고 마음을 비우는 하늘

저 필사의 능선을 넘어
나는
가장 완숙한 승리의 빛깔로
내 앞에 열린
뭇의 삶을 비행할 거야
(한국문인협회 이천지부 07년 문협지 초대 시)

LA 가을

단풍조차 들 수 없는
계절의 집시

색채의 화려한 행렬을
따라 가지 못한
가여운 공원을 걷는다

생의 기념을 상속할
도토리만한 열매도
매달지 못한 채

LA 나무들은
절망도 할 수 없는
창백한 초록이다

공식 지정된 계절인 듯
겨울에도 눌러 사는 여름

체념의 계곡에선
행여 가을이 익을까
향방 잃은 잎새 하나
책갈피에 끼워 본다

겨울 편지

밤낮을 달려도
원을 이탈하지 못하는 초침과
아무리 세월이 흘러도
노쇠하지 않는 마음 위에
좌절이나 분노는 그리지 말자

낙엽이 되어버린 글자를 세며
엄동의 복판을 지날지라도
봄이 영영 사라진 것은 아니다

우리 향기로운 간원에
푸름이 회색 숲으로 돌아오면

방치했던 모음과 자음을 수습해
가장 아름다운 언어를 만들고
시려 떨던 새들에게 다시
노래로 불러 달라 하자

연말기원

별은 못 다한 사연을
여미면서도 빛을 내고
지상의 모든 달리는 것들은
언제나 끝나는 곳에서
다시 출발한다

저 어수선한 계절들을
지나지 않았으면, 거리마다
반짝이는 이 승화昇華가
아름다움인 줄 누가 알까

힘으로 밀어 낼 수 없는
예측 불허의 바람들을 헤치고
또 한 해를 살아 낸 것만으로도
우리 모두는 승자다

그래, 빈손으로 태어나
더 잃을 것도 없는 지상의 일

내년에는 삶 속에 그저
불 하나만 반짝 들어오라고
야멸찬 카드 하나

하늘에 우송하고
나도 빨간 전구가 되어
성탄트리 밑을 서성거린다

통곡의 벽*

조각난 땅을 꿰맬 수만 있다면
이 벽을 갈아 바늘을 만들겠네

샘물처럼 해맑아야 할 소녀가
살인 무기를 들어야 하다니

파괴된 다윗성전 벽에는
사람들이 기대어 우는데
처참히 무너진 인간 마음에는
누가 기대어 우는가

예루살렘 예루살렘
그리스도처럼 울지 않고는
디딜 수 없는 슬픈 지구야

내 조국의 금간 허리부터
교정해 달라고 염원 한 장
네 영혼 벽에 끼워 넣고 간다

*통곡의 벽은예루살렘에 있는 옛 성전 벽.

콜로세움에서

하필이면 비가 내려
이천 년 역사 속에 살해 된
영혼들이 곡성을 토해 내다니

겨울 끝의 로마는 추위보다
저승 입구 같은
콜로세움Colosseum*때문에 떨린다

이 악랄한 뼈대에
실감나는 무대장치까지 하고
산 사람을 짐승 밥으로 주던
저 정신들의 세포는
무엇의 지배를 받았는가

으스스한 골목들을 돌다가
갑자기 오한이 들어
이 건물이 조롱하던 신의
옷자락을 슬그머니 붙잡았다

*콜로세움(Colosseum) : 로마의 고대 원형 경기장.

퀘벡 Quebec

성벽 위에 귀족도 가고
꿈을 그리던 성벽 밑에
천민 화가도 갔는데
아직도 경계를 허물지 못한
미완의 지표

뜨레조르 Tre'sor* 거리에
마지막 잎새를 그리던
예술가의 물감이 아직 있을지

길 잃은 역사처럼
루아얄 Royale 광장을 헤매는
노트르담의 종소리와
사연 깊은 바닥의
세인트루이스 강물이
절룩이며 낭만을 연출하는
캐나다 퀘벡 시 올드타운

샤또 프롱뜨낙 테라스에서
빨강머리 가발과
몸을 꼬다 사라지는 사내가
여기는 프랑스 동네라고

무언의 대사를 읊고 간다

*뜨레조르: 올드 퀘백의 미술 거리.

퀘벡Quebec 주

캐나다 십 개 주 중 제일 넓어
전체 면적의 육 분의 일을 차지하고
일 년 중 육 개월은 겨울인 퀘벡 주

그 중에도 퀘벡 시는 인구
팔십 점 이 퍼센트가 불어를 쓴다

십 점 사 퍼센트의 영어가
보리알처럼 까실한 눈총을 받고
나머지 육 점 팔 퍼센트의 언어는
가뭄에도 구사일생한 잡곡들

퀘벡 시 인구 삼십이만 명 중
프랑스계가 팔십 퍼센트라
길 안내도 불어로 되어있지만

두 번이나 주민투표에 부쳐도
캐나다 안에 프랑스로
독립하지 못한 아리송한 동네

경계가 다른 국기들이 뒤엉겨
각자 목에 힘주며 펄럭여도

위에 살던 귀족마을과
천민이 살던 아랫네에
골동품이 많아 유네스코에
등록 된 고풍의 도시

프랑스 면적의 세 배나 되는 퀘벡 주
총 인구 약 팔백삼십만 명[*] 중에는
내 동포 이천 팔백 명도
콩알처럼 섞여 살아가고 있다

*자료는 변동될 수 있음

파리행 밤기차

홀로 복도에 서서
낯선 지구의 밤을 달리는
기차소리를 듣노라니 참으로
사연 많고 헐벗은 음률이다

짐의 무게에 뒤로 넘어진 사람
창살에다 향수를 뿌려대는 마담
지갑을 훔치다 들킨 키다리 남자
우아한 날개를 구부리고 곤충처럼
잠든 객실 안 사람들까지

인생 애잔한 어원들이
난방시설도 없이 증편된
간이열차에 사전처럼 매달려간다

많은 역사와 건물들을 지나고
새벽 세 시, 어둠 속에서도
보석처럼 푸른 알프스를 스쳐간다

호수들이 아침을 깨우며
안개를 일으키던 곳은 어디쯤일까

저녁 일곱 시에 로마를 떠나
꼬박 서서 새우고도
많은 기록을 놓치며 달려온 길

열 세 시간 만에 파리 역에 내리니
사람인 나는 어디로 가고
회전하는 바람개비 하나가
몽마르트 언덕에 서 있다

간따구리라도 되었더면 *4*

옹이 박힌 소나무
가슴도 뚫어 주고
목쉰 소리의 벽도
딱딱딱딱 뚫어 줄 텐데

간자間字 때문에

바다 그 바다

등 굽은 새우
피곤한 넙치
눈치만 남은 가자미
초라한 꼴뚜기

어물전 같은 삶에서
비린내가 나면
나는 바다로 간다

바다에 가서
모두 놓아버리고
하루 종일 텀벙대다가
바다를 닮아 돌아온다

그러면 다시
망둥이도 뛰게 두고
고래 밥도 주고
이빨 긴 상어도
넉넉히 기른다

간자間字 때문에

대지 소유에 제한이 없는
개미나 될 걸 그랬어

평생 움막 안에서 기는
달팽이가 되든지
추락해도 골절상은 입지 않는
모기나 될 걸 그랬어

주둥이로 일 분에 일천 번
나무를 찍어도
뇌를 한 바퀴나 휘감은
긴 혓바닥 덕분에
절대 뇌진탕에 안 걸리는
딱따구리라도 되었더면

옹이 박힌 소나무
가슴도 뚫어 주고
목쉰 소리의 벽도
딱딱딱딱 뚫어 줄 텐데

人間, 사이間 間字 때문에
순전히 간자 때문에

간만 커졌다 작아졌다
고열에 벌떡거리니
이 노릇을 어쩌면 좋은가

불황 속에서

눈 감지 않고는 지워낼 수 없는
또 하루 얼룩들을 들고
밤은 터널로 스며들고

어둠 속에서도 잠들지 못하는
바람 한 줄기 의문을 던진다

밤에는 어디서 물방울들이
일어나 안개의 뼈를 가르고
무지개로 서는가

억년동안 숨겨진 보석처럼
태양의 문을 열고
점령자처럼 일어서는 꿈의 빛들

혹 우주 어디쯤에
또 하나의 태양계가 있을까
별을 캐고 달을 흔들어보는
바람의 심경

꿈

아이는 그 때
바람 가득한 풍선을 타고
주소 불명의 성 하나를 찾아
모태를 떠났다

지구의 골목길은 어둡고
때로는 거칠고 황량하여
무시로 길을 잃었지

범람하는 절망에 휩쓸려
청년이 된 아이는 수장되고
늙은이로 부활한 청년은 늘
천박스럽게 꿈을 꾼다

흑 백 하나로도
편집할 이유 없는 영상

날마다
유년이 튀어나오는
신神의 장난감 상자를

음주

빙빙 돌면서
무엔진으로 만 리를
날아가는 스타파워

와르르 별이 머릿속으로
몰려 들어와
오른쪽 귀퉁이에 알을 낳았다

부화를 하려나
욱신욱신 하더니

삼차원의 세계
삼 분의 이 지점에서
우주를 낳아 버렸다

오답의 낙엽

술에게 생을 맡기고
빈병 속에 들어 앉아 세상을
밀봉하고 싶은 남자

원죄의 혀에 삶을 꼬아 밀어 넣지만
평안의 성 입구는
낙타가 들어가지 못하는 바늘 귀

끝내 알코올로 내장을 전소시키고
풍선처럼 떠오르다가

술병 뒤편에서 을근거리는
세상에 깜짝 놀라 주저앉은 남자

태어날 때부터 지구는
발 아래 있었는데

갈수록 육중한 공이 되어 날아온다고
삼진법의 오답을 내고
술 위로 떠다니는 그 남자

기계 속 세상

손가락으로 번개를 치며, 눈은
광선이 되어 앉아서 세계를 보고
별과 별 사이를 순간에 이동한다

현미경으로도 못 보는 명패와
속박 없는 문자로 불을 뿜는 나라

어떤 유령은 뿔이 천 개나 돼도
방정한 혀를 잡으려면, 숙련 된
귀신들이 동원되어야 한다

아! 영靈 같은 존재들

드디어 어느 경에 기록된
말세의 짐승이 나타난 것 아닌지

가치관 치료 중

아이는 고운 빛을 주우러 들로 나갔다
오늘은 무슨 옷을 지을까 궁리 중이다
인류가 동경하는 옷을 그는 안다
햇살도 몇 올 걷어 팔에 걸고
지나가는 바람도 다독여 안섶 깊이 넣고
창궁도 한 조각 떼어 바구니에 담고
총총히 어둠을 밟으며
아이는 지금 돌아오고 있다
정확한 자로 천 위에 금을 긋는 세상으로
숫자로는 재단할 수 없는 문양의 옷감을
가득 들고, 방종과 혼돈의 미로를 되짚어
그는 지금 돌아오고 있다

이국

겨울에도 목련이 피는 나라
이국의 바람은 달콤해 보였네

햄버거 먹는 연습을 마치고
비행기가 되어 떠나오던 날
하얀 얼굴 하나가 관제탑에 걸려 있었다

몇 년 후에도 내 아버지는
공항 대합실에서 손을 흔들고 서 계셨지

그 꿈을 꾸던 날
아버지는 이승을 떠나시고
속살을 뒤집고 우는 바다는
필생의 길처럼 거품만 물고 있었다

이국의 바람 속엔 알맹이가 없어서
언제나 허기가 졌지

사람들은 모두 색깔이 달라
동색 인종도 제멋대로 착색 되어가고
계절도 혼돈의 자유를 누려
어디에도 둥지 틀 나무는 없었어

제 빛의 풀잎 하나
해산하지 못하는 무능한 광야를
가시에 발을 베며 당도해 보면
닿은 곳마다 신기루였다

자꾸 자꾸 작아져
태평양 모래 틈새로 스며드는 몸

차라리
모래의 태아로 살기로 했네

망부석

내내 강가에 서 있었어

수많은 새들이 날개를 펴고
그들의 나라로 가고 나면

나는
무거운 바램을 끌고
하늘가를 헤매다가
은하수의 눈물을 보곤 했어

눈을 떠보면
세상은 설레도록 출렁한데

달도 별도 될 수 없었던
은하수의 사연만
빈 허공 깊이에서 떨고

나는 여전히
눅눅한 바람 속에서
만나도 손잡을 수 없는
꿈을 기다리고 있는 거야

금붕어

화사한 세상은 투명하게 보이는데
몸부림으로도 벗어 날 수 없는 벽
욕망과 생이 공존하는 성城은
칼로도 절단 못하는 속박이다

꿈틀대는 야망도 접고 뽀끔뽀끔
거품을 물고 숨을 몰아쉬어도
스물네 시간 눈감지 못하는 체념

바람처럼 무색 무형이어야
세상을 마음껏 날아 보는데
저 물고기는 겁 모르는 뼈와
나름의 색깔 때문에 갇혀버렸다

현대의 고아

지상의 사연이 어떠하건
실바람에도 너울너울 춤추는
저 강둑에 쑥풀이나 되었더면

태생의 씁쓸한 진액 속에서
고귀와 순수, 훼방 받지 않는
평온의 착각으로
쓸쓸함 같은 것은 애당초
터득하지도 않았을 텐데

육중한 이상의 날개는
현란한 도시 속에서도
홀로 낙엽, 그리고
벗은 겨울의 집이 되곤 한다

과외공부

외로운 꿈들이 모여
빛을 등지고 살아가는
깊은 골짜기에
늘 바람에 등이 깎이는
봉분이 하나 있다

지금 그 성안의 주인은
제왕이 되어
앞에 서기만 해도
누구든 개미가 되거나
천사의 날개가 돋거나
뼈 없는 바람이 된다

악마도 손을 내리고
무거운 슬픔도
하얀 구름이 되는 곳

세욕이 살 찔 때마다
나는 그곳에 가서
이슬, 혹은 허리 접은
풀잎이 되어 돌아온다

가장 작은

나는 가장 작은 새
미움을 기를 가슴이 없다

이른 새벽
오늘도 고운 목소리로
예쁜 노래를
부를 수 있으면 해요
기도한다

빛살 허기진 창가에선
조금 울어주기도 하고
사람의 신음소리에는
먼저 놀라 죽을 만큼도 운다

태풍 주의보가 내리면
가장 초라함으로
가장 안전한 곳에서
천사 날개 꿈을 꾸는

그래, 새가슴
가장 작아 하늘을 나는

날개의 반전

바람을 달라고 했다

날아가는 모든 것들을
달라고 했다

태를 달고도 세상으로
날아 왔는데
저쪽은 날개 없이
걸어서도 잘만 가는데

나는 자꾸 자꾸
나는 것만 달라고 했다

끝내
길 다한 이정표 앞에서
기도문 뒤집기

하나님, 제발
우선멈춤쯤으로라도
이 속도 좀
일단정지 시켜 주시와요

풍화작용

바람 앞에 서 보아
지상이 얼마나 방황하는지

조물주의 그물을 벗어난
태풍이 만드는 작품 이름은
고통

목 쉰 저승을 일으켜 세우고
피둥피둥 살이 찌는
바람 앞에 한 번 서 보아

산발이 된다. 돌아선다
돌풍 앞에서는 누구라도

분단

내면에는 망상의 왕이 살고
외면은
실바람에도 허리가 꺾이는 풀잎

평생 보류불가의 재해 사이에서
오늘은
영혼 하나 엉엉 울어 버렸다

해오라기

외발로 서서
신음을 삼키는 네 몸짓은

태양이 서편으로 져도
공허의 불을 켜고, 밤에도
벌판을 헤매는 어떤 생을 닮았다

찍힌 자국마다 외발이라서
황혼엔 너처럼 말이 줄고
마침내 자꾸 질문이 생긴다

철새, 너는
석양 너머 무엇을 보느냐

득도

새가 그물에 걸리는 것은
높이 비상하지 않았기 때문이다

물고기가 낚시에 걸리는 것은
깊이 잠수하지 않았기 때문이다

나를 사랑하지 않는 사람들과
내가 사랑할 수 없는 사람들

감성에 혼탁을 던져
고통하게 하는 저 학대로부터
자유로워지는 것, 오늘 비로소

나비1

나비는
미워하는 법을 배운 적이 없다
그렇다고 아무거나
이뻐하는 법도 배운 적이 없다

나비는 예쁜 날개를 가졌지만
황홀한 궁만 사랑하지는 않는다

시들어가거나 사망해버린 꽃송이는
하루 종일 굶어가며 조문하기도 하고

음지의 민들레꽃 모습엔
애처로워 맴을 돌다가
날개에 관절염이 걸리기고 하지만

너무도 여린 까닭에
바람병 걸린 꽃하고는 놀지 않는다

나비2

꿀도 조금은 숨겨놓고
휴식을 달콤하게 하는 곳
미안하게 쉬었다 가도
꽃가루를 듬뿍 선물하는 곳

나름의 색채 선명하고
죽는 날까지 흐르는 향기와
흔들림 속에서도
정갈한 가슴이 나비의 집이다

초승달 몸을 떠는 밤에는
애벌레처럼 작아져
함께 울면서도, 내일 또 하루
예쁘게 살아 내야지
이슬에 씻는 여린 날개

나비는 안다
창조가 정한 진정한 신음은
제몫의 꽃 한 송이
번듯하게 피워내는 일이라는 걸

장기 졸가卒歌

전쟁은
온 세상을 무대로 펼쳐져도
격전은 언제나 치졸한 것

비둔한 몸의 왕은
정예군사라도
지켜 내지 못함으로
기록은 늘 새롭게 쓰인다

민족 보충력 사명을 띠고
장기판에 태어난 상은
잘 살아 내면 상賞이요
애초에 길 잘 못 들면
부조도 못 받는 상喪

아! 목매한 생을 어이할고

희로애락의 묘수가
짜인 판 안에 있건만
초조에 떠밀려 고달프고
사방이 길이라도 막막할 때

문득 돌아보면
목숨 들고 서 있는 졸

그래도 중심 다한 그대 있어
달리는 것이 용기 추슬러
장 한번 치러 나서본다

강요의 늪

가을을 밀어 내고 겨울이 밀고 왔다

의지와 상관없이 꿈은 낙엽이 되고
암울한 시간이 땅에 뒹굴기 시작했다

뿌리를 침범하는 벌레
고요를 상처 내는 바람
수맥을 얼리는 엄동
가지는 왜 또 자르는지

가만히 서 있어도 용납이 없는 세상

떨린다. 나무는
원치 않는 요구의 강요들 앞에서

5

저 혼자
외로움이 커버린 섬에
꽃씨 하나 옮겨주고
서러움에 숨죽여 우는
풀잎의 가슴도 쓸어주고

희망 사항

그러자

우리 사랑하자
사랑만 하자

간이 정거장 같은 생
털터리 버스처럼
잡다한 허물도
실어 주고
굽이굽이 비포장
도로도 동행해 주고

우리 그냥 그렇게
사랑만 하다 가자

화해1

우주에서 보면
지구 또한 낯선 별이지

아직은 다 열지 못한 가슴이
화산의 열점으로 끓고
태양의 꼭짓점에서는
마른 모래가 타는가 하면

가로 누운 무풍지대와
해빙 불가능해 보이는
남극이나 북극의 면적도
꽤는 넓다고 하지

그러나
아직도 지하와 지상이
심심치 않게 뒤집히는
이 원시의 별에서

원시로 태어나 원시로 가는
우리 아닌가

(미주 중앙일보 08. 6. 9일자 게재)

화해2

아무래도
원형은 너무 어려워
세모쯤 되어볼까 하여
모서리마다 정을 치다가

단단한 네모로는
세모도 너무 어려워
생긴 그대로
의자가 되어 주었다

하여꽃

작고 존재 미미해도
꽃이 될 거야
기어이 저승 같은
지하를 탈출해
꽃으로 필 거야

태풍에 등이 굽어도
다시 허리 펴고
반드시 꽃 피울 거야

피고지고 몇 번을
다시 태어나도
꽃으로 남을 거야

엄동을 건너서도
또다시 꽃만 될 거야

등대

아직 큰 배는 오지 않았다
무엇이 온다는 기약도 없다

단지
철부지 어두움 때문에

열정의 오라비는
오늘도
무량의 바다에 홀로 서 있다

기차여행

바람아 길을 열어라
나무는 외출을 준비하고
새들은 잠시 날개를 접거라

타협 없는 척박한 산은
이리저리 등보이지 말고
멀리 멀리 가버려라

하늘과 땅이 맞닿은
지평선은 마음의 고향
경계가 없는 곳에선
기는 것도 날개의 왕이다

희망사항

마음이 쓸쓸하면
나는 무작정 바람이 된다

바람 되어 걷고 달리다 보면
사라진 꿈들이 보이고
까만 하늘을 더듬어
별을 낚을 수도 있다

무색의 그리움으로
무한의 공간을 떠돌다가
낯익은 구름을 만나도
껴안지 않아도 좋은 자유

저 혼자 외로움이 커버린 섬에
꽃씨 하나 옮겨주고
서러움에 숨죽여 우는
풀잎의 가슴도 쓸어주고

엄동을 다독여
훈훈함을 가르치는 일
봄바람으로 살다가는 일

개미의 성

꿀통이 부도났다

뉴욕의 꿀통이
바람에 흔들리더니
벌들 앵앵 거리는 소리에
세계가 시끌시끌하다

그러나
맨해튼 월가 빌딩 옆에는
여전히 햄버거집이 있고

한 개 사먹으니
십 년 전처럼 배가 부르다

십 년 후에도
그 빵은 큰 요구 없이
사람을 배부르게 할 것이다

단 몇 달러로
행복한 개미의 성
저 난리 난 벌집 밑에

악惡과 선善

저 새는 어디서 태어나
어디서부터 날아 왔을까
누가 저 새의 어미를 아는가

암흑의 밤이나 혼곤한 불볕
혹은 폭풍 속에서
두려움과 굶주림에 떨 때
누가 저 새를 돌보았는가
누가 돌보았는가. 저 새를

긴긴날 홀로 외로움을 익히고
작은 날개에 신음하며
뭇의 비상을 꿈꾸었으리

오직 하늘이 기른 새를
사람들은 까닭 없이 밉다한다

생각해 보니 검은 것이
내 안에 있어 오늘은
까마귀 노는 곳에
하얀 쌀 한 움큼 놓아 주었다

여왕벌

나도 달콤한 금단의 꿀을
핥아보고 싶어

동족의 인두에서 나온
형벌 같은 고뇌를 먹고
어쩌다 몸집만 커져
평생 알만 낳아야 하는 운명

천륜을 지키기에 고립 된
이 독선에서 벗어나
내장까지 빼어든 순수로
쏘고 죽는 일벌처럼

나도 한번은
단순한 열정이 되고 싶어

살아보기

목발을 짚고
물리치료실로 향한다

이제는
푸른 하늘도 잊어야겠지
온갖 속임의 분망한 구름도
제 갈 길로 보내고
가슴 갈라진 대지는
미친 듯, 그냥
울어버리면 되는 것이다

천대하던 심장도 헹구어
제자리에 끼워 넣고
역방향으로 돌던 핏줄도
빗줄기에 엮으면
이승과 저승사이에
순리로 흘러가는
뗏목 하나는 띄우겠지

흘러가자 흘러가보는 거다

나무의 노래

어둠 속에 신음을 던진다

때로는 안개 자욱하여
내부를 볼 수 없는 날에도
밤은 여전히
자애의 빛깔이었다

축적된 검은 물감은
무한한 태고의 공간에
그저 뿌리면 될 일이다

몸의 일부가 불결한 토지에
저당 되고야 태어 난 생명

빛이 오는 아침에 조금
아주 조금만 더 하늘을 향해
키가 커 있으면 될 일이다

내일은 내일만큼 하늘에 닿고
오고 가는 계절엔 그저
거기에 알맞은 색깔로
힘껏 살아내면 될 일이다

새벽 산책

새로운 새벽이다
새로운 이슬 맺히고
새로운 잎들이 태어나 있다
가만 가만 탯줄은 끊어주고
얼개에 물을 담아
여린 초록들을 목욕 시킨다

들어보라
푸른 창조의 노래
또 하루 음지를 양육하는
빛이 오는 소리
아무런 욕구의 다툼 없이
평생을 연주해 주는
온유의 음률까지

마음 한 겹 벗는 것으로
희망의 숲이 열리는
신비의 길을
언제부터 방치했던가

새벽, 그 도전의 산책길을
말끔히 쓸어 둔다

초청

흐르던 구름인 척
멈추어 있을 텐가

비에 젖은 철새처럼
맴돌지만 말고

지나가던 바람인 양
스치지만 말고

보일 듯이도 말고
볼 듯이 오시게

어느 별의 소망

선택 불가의 표면 온도 때문에
희미한 빛이 나니 운명이지요

너무 작아
지구가 놓쳐 버리더라도
그런 별 하나 있다고
당신이 말해 주면 좋겠습니다

혹 추락한 유성이 되어
잊혀진 돌이 되더라도

당신의 우주에서만큼은
가장 현란한 빛의 영상으로
보전해 주면 좋겠습니다

정정인 시집 '물방울 기르기' 의
장정을 위하여

정용진
| 시인 | 전 미주한국문인협회 회장 |

시란 언어로 빚은 예술이다. 시인이 언어예술의 석수石手인 이유가 바로 여기에 있다. 절차탁마切磋琢磨가 곧 시인의 사명이 아닌가. 정정인 시인은 여성으로서의 단아端雅함과 섬세함이 있는 반면에 철학적이고 남성적인 신념이 여러 시의 연마다 주조主調를 이루고 있다.

저자와 나는 수년간 시를 논하고 문학을 이야기하며 지내왔다. 정 시인은 언약과 바람을 노래하는 꿈의 시인이다.

안으로 삭인 소리들이/하늘의 회로를 휘돌고/또 다시 땅으로 내리는/그 작은 원 안에서 우리의/이상들은 푸르고 넉넉한 꿈이 될 터.

시집 제목 '물방울 기르기' 의 마지막 연이다.

하늘과 땅과 나 자신天地人의 아름다운 대화가 이 시집의 알파인 동시에 오메가로 귀결 되고 있다. 이 얼마나 고귀하고 아름다운 결실인가. 많은 독자들의 가슴속에 끝없이 울리는 가락으로 출렁일 것이 분명하다. 축하를 드린다.

자명한 사랑

내가 너를 사랑하는 만큼
단풍이 든다면 아마
나무의 심장은 루비빛일 거야.
조난자처럼 손을 내밀어도
너무나 격 높은 성에 사는 너.
홀로 열정을 바치는 종지기인 양
사명 같은 짝사랑으로
나는 너를 평생 목말라 하고
넋 다한 호소로 네 혼을 흔들어도
깊이를 알 수 없는 감성의
계곡에선 어떤 메아리로 돌아올지
문자의 혼 도도한 너를
수도하듯 타종해 본 심정.

백 편의 시를 그려 놓고.
정정인

미래시선 145
물방울 기르기

지은이 | 정정인
펴낸이 | 임종대
펴낸곳 | 미래문화사

찍은 날 | 2009년 3월 27일
펴낸 날 | 2009년 4월 1일

등록 번호 | 제3-44호
등록 일자 | 1976년 10월 19일
주소 | 서울시 용산구 효창동 5-421
전화 | 715-4507 / 713-6647
팩시밀리 | 713-4805
E-mail | mirae715@hanmail.net
ⓒ 2009, 미래문화사
ISBN | 978-89-7299-365-0 03810

정가 · 7000원

* 잘못 만들어진 책은 본사나 서점에서 바꾸어 드립니다.
* 저자와의 협의하에 인지는 생략합니다